Pájaro Verde

The Green Bird

As told by Joe Hayes
Illustrated by Antonio Castro L.

CINCO PUNTOS PRESS
El Paso • Texas

MANY, MANY years ago, and many
years before that, there lived a woman
who had nine daughters. The oldest daughter
had nine eyes. The second one had eight eyes.
The third had seven, the next six, the next five,
and so on, until the youngest, who had only one
eye right in the middle of her forehead.

HACE MUCHOS, muchos años, y
muchos años más, vivía una mujer con
nueve hijas. La mayor de las nueve tenía nueve
ojos. La segunda tenía ocho ojos. La tercera
tenía siete, la siguiente seis, y luego cinco, y así
por el estilo, hasta la menor, que tenía un solo
ojo justo en medio de la frente.

ONE DAY all nine sisters went out walking along a shady lane and the one who had two eyes, whose name was Mirabel, wandered away from the others. She saw a bright green bird sitting on a low branch of a tree, singing a beautiful song.

The girl was attracted by the sweet notes of the bird's song and walked up close to it. The bird didn't fly away from her, and so she began to stroke the feathers on its back.

The green bird spoke to Mirabel. He told her he was an enchanted prince and asked her if she would marry him. Without a second thought, she said she would, and then the bird flew away.

UN DÍA, las nueve hermanas iban paseándose por una alameda sombreante y la que tenía dos ojos, que se llamaba Mirabel, se apartó de las otras. Vio un brillante pájaro verde posado en la rama baja de un árbol, cantando una hermosa canción.

La muchacha se sintió llamada por las dulces notas del canto y se acercó al ave. El pájaro no se voló, por lo que la muchacha empezó a acariciarle las plumas del lomo.

El pájaro le habló a Mirabel. Le dijo que era un príncipe encantado y le pidió que se casara con él. Sin pensarlo dos veces ella le dijo que sí, y el pájaro se fue volando.

MIRABEL RAN back to her sisters and told them what had happened. They all made fun of her.

"How could you marry a bird?" they said. "Your children will be born with feathers all over them."

"It's what I want to do," she replied. "I'm going to marry him, even if he is a bird."

The girl told her mother what she had promised, and even though her mother forbade her to do it, she married the bird and went away with him. She learned that his name was Prince Pájaro Verde.

LA MUCHACHA corrió a reunirse con sus hermanas y les contó lo que había sucedido. Las hermanas se burlaron de ella:

—¿Cómo puedes casarte con un pájaro? —le dijeron—. Tus hijos van a nacer todos cubiertos de plumas.

—Es mi gusto —repuso ella—. Voy a casarme con el pájaro.

La muchacha le dijo a su madre lo que había prometido, y aunque su madre se lo prohibió, se casó con el pájaro y se fue con él. Le dijo que se llamaba el Príncipe Pájaro Verde.

THE PRINCE took Mirabel to live in a palace in the mountains. There were nine rooms in the palace and in each room there were nine windows. Each night at nine o'clock the green bird came and sang in every window. When he arrived at the last one, he entered and changed into a prince and then lay down to sleep with his wife.

The prince placed the whole palace at Mirabel's command, but he warned her to be very careful not to reveal his secret to anyone. He gave her a little bottle of sleepy water and told her to sprinkle it on the bed of whoever came to visit, so that they would fall into a deep sleep and not see that he was a prince.

EL PRÍNCIPE llevó a Mirabel a vivir en un palacio en las montañas. En el palacio había nueve salas, y en cada sala había nueve ventanas. Cada noche, a las nueve en punto, el pájaro verde venía a cantar en cada ventana. Cuando llegaba a la última ventana, entraba y se volvía príncipe, y se acostaba a dormir con su esposa.

El príncipe le dió a Mirabel el mando de todo el palacio, pero le advirtió que tuviera mucho cuidado de no revelarle a nadie que era príncipe. Le dio un frasquito de agua dormidera y le dijo que la rociara en la cama de cualquier persona que viniera a visitar, para que se quedara bien dormida y no descubriera su secreto.

ONE DAY the mother called her oldest daughter to her and said, "Go visit your disobedient sister. Find out about this husband of hers. Since you have nine eyes, you can see best."

The nine-eyed girl went off to the palace and Mirabel came out to meet her. "Come inside," she said. "Let me show you the palace I live in."

The oldest sister was amazed at the beautiful carpets and elegant furniture and lovely paintings on all the walls. But no matter where she looked with her nine eyes, she could see nothing of the green bird.

That night Mirabel made a bed for her sister. She sprinkled sleepy water on the bed, and as soon as the sister lay down, she fell sound asleep.

❦

UN DÍA la madre llamó a su hija mayor y le dijo:
—Véte a visitar a tu hermana desobediente, a ver qué descubres de este marido suyo. Ya que tienes nueve ojos, tú puedes ver mejor.

La hermana de los nueve ojos se fue al palacio y Mirabel salió a encontrarla.

—Pasa, —le dijo—. Déjame mostrarte el palacio en que vivo.

La mayor se asombró al ver las alfombras ricas y los muebles elegantes y los cuadros hermosos en todas las paredes. Pero por más que mirara con los nueve ojos, no lograba ver nada del pájaro verde.

Aquella noche Mirabel preparó una cama para su hermana. Salpicó el agua dormidera en la cama, y en cuanto la hermana se acostó, se quedó bien dormida.

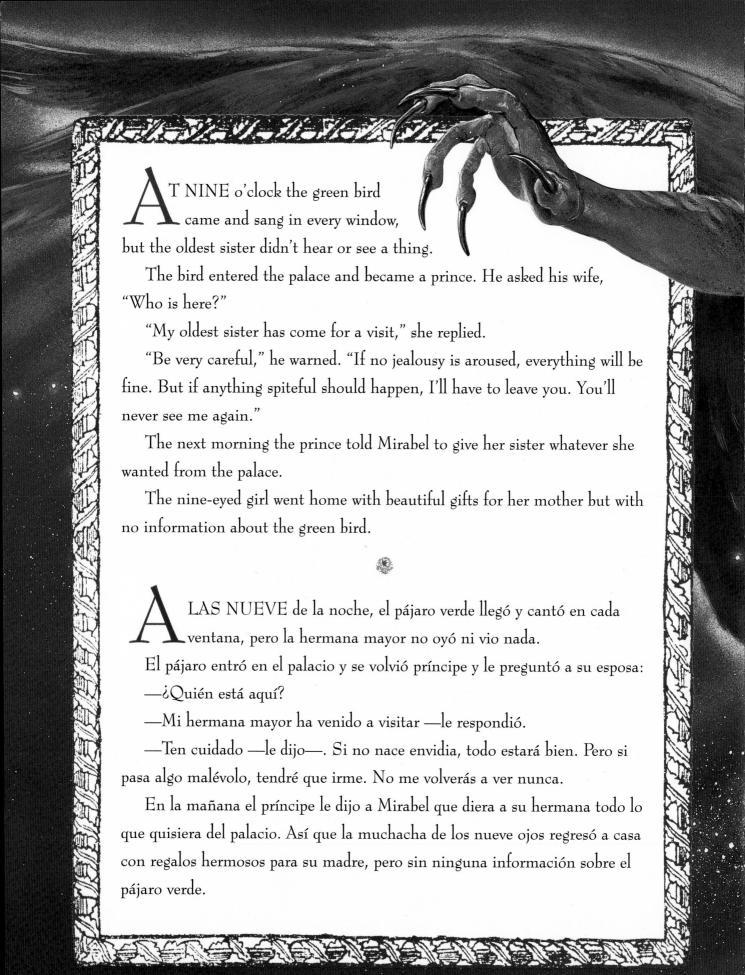

AT NINE o'clock the green bird came and sang in every window, but the oldest sister didn't hear or see a thing.

The bird entered the palace and became a prince. He asked his wife, "Who is here?"

"My oldest sister has come for a visit," she replied.

"Be very careful," he warned. "If no jealousy is aroused, everything will be fine. But if anything spiteful should happen, I'll have to leave you. You'll never see me again."

The next morning the prince told Mirabel to give her sister whatever she wanted from the palace.

The nine-eyed girl went home with beautiful gifts for her mother but with no information about the green bird.

A LAS NUEVE de la noche, el pájaro verde llegó y cantó en cada ventana, pero la hermana mayor no oyó ni vio nada.

El pájaro entró en el palacio y se volvió príncipe y le preguntó a su esposa:

—¿Quién está aquí?

—Mi hermana mayor ha venido a visitar —le respondió.

—Ten cuidado —le dijo—. Si no nace envidia, todo estará bien. Pero si pasa algo malévolo, tendré que irme. No me volverás a ver nunca.

En la mañana el príncipe le dijo a Mirabel que diera a su hermana todo lo que quisiera del palacio. Así que la muchacha de los nueve ojos regresó a casa con regalos hermosos para su madre, pero sin ninguna información sobre el pájaro verde.

THE NEXT five days in a row, the mother sent a different daughter: first the one with eight eyes, and then the one with seven, and then six, then five, and finally the one with four eyes. The same thing happened to each of them: Mirabel sprinkled sleepy water on their beds, and they didn't see anything.

Then the mother sent the sister with three eyes. But Pájaro Verde had warned his wife, "I'm about to be freed from the spell. If nothing envious happens, I'll be king and you'll be queen. Be very cautious."

The three-eyed sister came to visit and Mirabel sprinkled sleepy water on her bed. She didn't learn a thing.

CADA UNO de los próximos cinco días la madre mandó a una de sus hijas: primero a la de ocho ojos y luego a la de siete, luego a la de seis y a la de cinco, y por fin a la de cuatro ojos. A todas les sucedió lo mismo: Mirabel roció el agua dormidera en la cama y no vieron nada.

Luego la madre mandó a la hermana con tres ojos. Pero Pájaro Verde había avisado a su esposa:

—Estoy por salir del encanto. Si no pasa nada mal, me hago rey y tú serás reina. Ten muchísimo cuidado.

La hermana con tres ojos vino, y Mirabel echó el agua dormidera en la cama, y aquélla no averiguó nada.

FINALLY THE mother called for the youngest daughter of all, the girl with just one eye.

"Your big sisters, with all their eyes, haven't been able to see anything," the mother said. "You go see what you can discover."

"If my sisters couldn't see anything with all their eyes," the little one said, "how am I, with my one eye, supposed to do it?"

But the mother told her to go anyway, and so she went.

When her youngest sister arrived, Mirabel greeted her. "Come in," she said. "I want to show you the home I live in."

The little girl was aghast at everything she saw in the palace. And when she had seen it all, she yawned and said, "Now I'm tired. I want to go to bed."

ĀL FIN la madre llamó a la hija más chiquita, la de un solo ojo.

—Tus hermanas mayores, con todos sus ojos, no han logrado ver nada —le dijo la madre—. Ahora vas tú, a ver qué puedes descubrir.

—Si mis hermanas grandes no pudieron ver nada con todos los ojos que tienen —dijo la chiquita—, ¿cómo puedo hacerlo yo, con un solo ojo?

Pero la madre le dijo que fuera de todos modos, y se fue.

Cuando la hermana chiquita llegó, Mirabel le saludó:

—Pasa, pasa —le dijo—. Quiero mostrarte mi hogar.

La chiquita quedó admirada al ver todo lo que estaba en el palacio. Cuando lo había visto todo, bostezó y dijo:

—Ahora estoy cansada. Quiero acostarme.

"YOU'D BETTER eat some dinner first," Mirabel told her.

"No, I'm too tired. Just let me go to bed."

So Mirabel prepared a bed for her younger sister. She said to herself, *My little sister is so young and so tired, surely she won't see anything.* And she didn't bother to sprinkle sleepy water on the bed.

The little sister climbed into bed. She yawned and stretched and said, "Cover me up with a sheet."

Mirabel covered her very well. But the youngest sister poked a hole in the sheet. With her one eye she looked through the hole and she saw everything!

At nine o'clock she saw the green bird arrive and sing in every window of the palace. Then she saw him come inside through the last window and begin to change into a prince.

MIRABEL LE dijo:

—Mejor come algo primero.

—No. Tengo mucho sueño. Nomás déjame acostarme.

Así que Mirabel tendió la cama para su hermana menor. Se dijo, "Mi hermanita es tan chiquita y está tan cansada, ¿cómo va a ver algo?"

Y no se tomó la molestia de rociar la cama con el agua dormidera.

La hermanita se metió en la cama. Bostezó y se estiró y dijo:

—Tápame bien con la sábana.

Mirabel la tapó bien. Pero la hermanita hizo un agujero en la sábana. Con su único ojo espió por el agujero, ¡y lo vio todo!

A las nueve horas, vio que el pájaro verde llegó y cantó en cada ventana del palacio. Luego, lo vio entrar por la última ventana y comenzar a volverse príncipe.

THE PRINCE asked his wife, "Who is there?" She laughed and said, "My little sister has come for a visit."

"Yes, I know," he said, "and you have been careless. You didn't sprinkle sleepy water on her bed. She has seen everything. At this time tomorrow I will come to you for the last time. And then I must leave forever."

The next morning when her little sister awoke, Mirabel asked her, "What did you see last night?" "Nothing," the little girl answered. "Just give me some breakfast. I want to go home." She quickly ate her breakfast and went away.

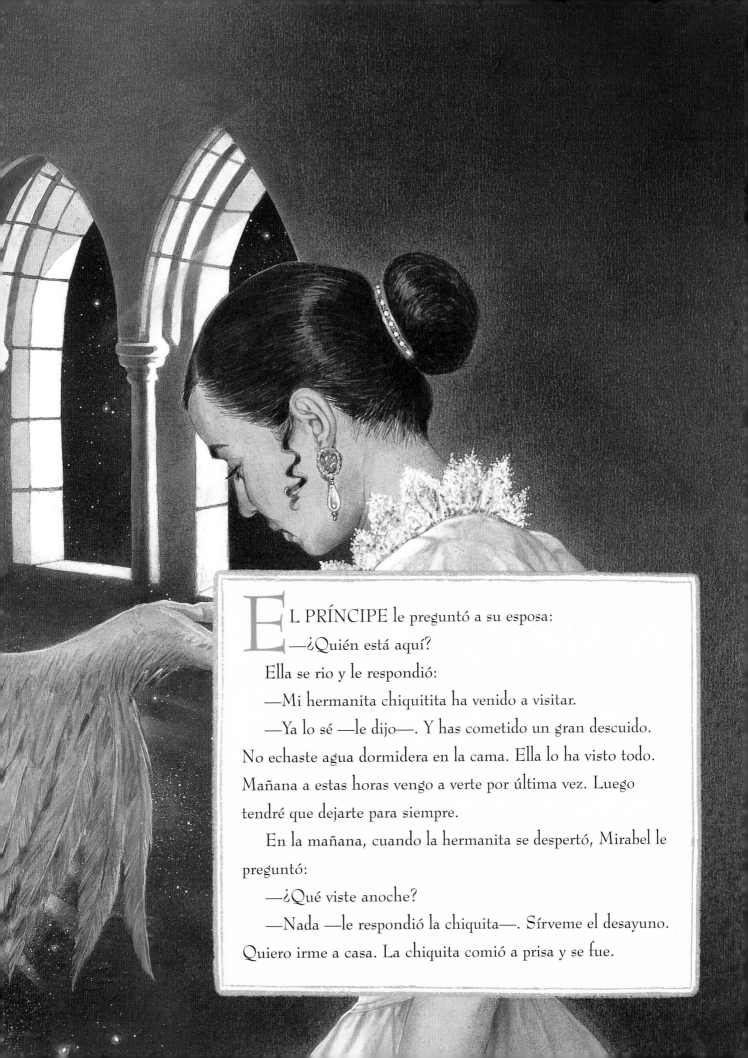

EL PRÍNCIPE le preguntó a su esposa:

—¿Quién está aquí?

Ella se rio y le respondió:

—Mi hermanita chiquitita ha venido a visitar.

—Ya lo sé —le dijo—. Y has cometido un gran descuido. No echaste agua dormidera en la cama. Ella lo ha visto todo. Mañana a estas horas vengo a verte por última vez. Luego tendré que dejarte para siempre.

En la mañana, cuando la hermanita se despertó, Mirabel le preguntó:

—¿Qué viste anoche?

—Nada —le respondió la chiquita—. Sírveme el desayuno. Quiero irme a casa. La chiquita comió a prisa y se fue.

SHE DIDN'T take any gifts from the palace, but when she got home, she said to her mother, "My big sisters with all their eyes didn't see anything, but I learned the truth about the green bird. At nine o'clock he sings at each window in the palace and then he enters the last window and turns into a handsome prince."

The older sisters were filled with envy when they heard that. And their mother, who was even more evil-hearted than her daughters, decided to go to the palace that very day. She went secretly and put long slivers of glass on all the windowsills, so that the green bird would cut himself and maybe even be killed. Then she and her daughters could take possession of his palace. Mirabel didn't know what her mother had done.

NO ACEPTÓ ningún regalo del palacio, pero cuando llegó a casa le dijo a su madre:

—Mis hermanas mayores con todos los ojos que tienen no vieron nada, pero yo vi que en realidad el pájaro verde es un príncipe. A las nueve de la noche canta en cada ventana del palacio y luego entra por la última ventana y se vuelve un príncipe hermoso.

Las mayores se llenaron de envidia al oír eso. Y la madre, que era aún más desalmada que sus hijas, decidió ir al palacio ese mismo día. Fue en secreto y puso largas astillas de vidrio en el marco de cada ventana, para que el pájaro verde se cortara, y tal vez se matara, y luego ella y sus hijas podrían apoderarse del palacio. Mirabel no sabía lo que su madre había hecho.

AT NINE o'clock Pájaro Verde arrived
and sang beautifully at the first
window. He sang at the second window too,
but his voice was weaker. He went on singing
from window to window, and his voice grew
more and more faint, until at the last
window he wasn't able to sing at all.

He came inside and spoke feebly to his
wife. "You have truly been thoughtless and
unkind. And now I must leave you."

Just then, a huge black raven arrived
pulling a carriage behind it. Pájaro Verde
entered the carriage and went away.

Mirabel quickly packed her princess gown
and her crown of gold and her bottle of
sleepy water and set out following the
carriage. But she soon grew tired and lost
sight of it.

A LAS NUEVE de la noche Pájaro Verde llegó y cantó bellamente en la primera ventana. Cantó en la segunda también, pero su voz sonó más débil. Fue cantando de ventana en ventana y la voz se le iba agotando, hasta que en la última ventana ya no tenía fuerzas para cantar.

Entró y le susurró a su esposa:

—Me has traicionado de verdad. Y ahora tengo que dejarte.

En eso, un enorme cuervo negro llegó tirando de una carroza. Pájaro Verde subió en la carroza y se fue.

Mirabel metió su vestidura de princesa y su corona de oro y su botellita de agua dormidera en una bolsa y se fue siguiendo la carroza. Pero a poco tiempo se cansó y la perdió de vista.

SHE SAT down under a tree to rest. There were many little birds in the tree, and they talked to Mirabel. They told her that Pájaro Verde was very sick, but that he could be cured. What she must do was give her sleepy water to the little birds. While they slept, she must cut their throats and fill her bottle with their blood. If she could find Pájaro Verde and cover him with little birds' blood, the splinters of glass would be drawn out of him and he could get well.

Mirabel gave a drop of sleepy water to each bird, and while the birds slept she cut their little throats and filled the bottle with their blood.

When the birds awoke, they flew away as healthy as ever.

❦

SE SENTÓ bajo un árbol a descansar. Había muchos pajaritos en el árbol y le hablaron. Le dijeron que Pájaro Verde estaba muy enfermo, pero que se podía curar. Lo que debía hacer era darles el agua dormidera a los pajaritos. Mientras durmieran, debía cortarles el cuello y llenar la botellita de su sangre. Si encontraba a Pájaro Verde y le untaba la sangre de los pajaritos, las astillas de vidrio le saldrían y se podría sanar.

Mirabel le dio una gotita de agua dormidera a cada pajarito y mientras las aves dormían les cortó el cuellito y llenó su frasquito de su sangre.

Cuando despertaron, los pajaritos se fueron volando, fuertes y vivos como siempre.

AND THE girl set out searching for Pájaro Verde. She searched all up and down the world. Finally she came to the moon's house. She said, "Luna, Luna, have you seen Prince Pájaro Verde?"

"No," the moon said. "Night after night I go from window to window, but I haven't seen Pájaro Verde anywhere."

And then the moon told her to go to the sun's house. She said, "Maybe the sun can give you news of him."

Mirabel traveled and traveled, and finally she came to the sun's house.

Y LA MUCHACHA se encaminó a buscar a Pájaro Verde. Anduvo buscando de arriba para abajo por todo el mundo. Al fin llegó a la casa de la luna. Dijo:

—Luna, Luna, ¿ha visto al Príncipe Pájaro Verde?

—No —la luna susurró—. Noche tras noche yo voy de ventana en ventana, pero no he visto a Pájaro Verde en ninguna parte.

Luego la luna le dijo que fuera a la casa del sol. Dijo:

—Puede que el sol te dé razón de él.

Mirabel caminó y caminó y por fin llegó a la casa del sol.

"SOL, SOL, have you seen Prince Pájaro Verde?"

"Sí!" bellowed the sun. "Yes, I've seen him. He's in the house of his father, the king. He's very sick."

"Take me to him," the girl pleaded.

But the sun said he couldn't do it. He told her to go to the wind's house. The sun told her, "The wind could easily carry you."

She traveled and traveled and traveled, and she arrived at the wind's house. She said, "Aire, Aire, is there any news of Prince Pájaro Verde?"

The wind looked sad and sighed, "They say that nothing can cure him."

"Take me to him," Mirabel begged.

The wind told her to get into a leather sack. He lifted the sack with a gust of air and blew it over mountains and rivers.

—SOL, SOL, ¿ha visto al Príncipe Pájaro Verde?

—¡Sí, lo he visto! —bramó el sol—. Está en la casa de su padre, el rey. Está muy enfermo.

—Lléveme a donde está —le pidió la muchacha.

Pero el sol le dijo que no podía hacerlo. Le dijo que fuera a la casa del aire.

—Fácil el aire te podría llevar —le dijo el sol.

Caminó y caminó y caminó. Llegó a la casa del aire.

—Aire, Aire, ¿hay noticias del Príncipe Pájaro Verde?

El aire suspiró muy triste:

—Dicen que no hay remedio para él.

—Lléveme a donde está —le rogó.

El aire le dijo que se metiera en un bolsón de cuero. Levantó el bolsón con una fuerte ventolada y lo llevó sobre montañas y ríos.

THE GUST he carried Mirabel with blew all the people away from the palace gate. When the girl opened the sack, she found herself alone in front of the palace door. Servants came running to see what was going on, and Mirabel asked anxiously, "Is there any news about the prince?"

They all shook their heads sadly. "There's no hope for him," they said.

"I can cure him," she told the servants. "If you'll let me." They all ran to tell the king what she had said.

The king sent for Mirabel and said, "If you cure my son, I'll build a palace for you as fine as my own, and I'll provide for your every need for the rest of your life."

❦

EL VENDAVAL con que llevó a Mirabel barrió toda la gente que se encontraba delante del palacio. Cuando la muchacha abrió el bolsón, se vio sola en frente del portón del palacio. Los sirvientes vinieron corriendo a ver qué sucedía, y Mirabel les preguntó preocupada:

—¿Hay novedades sobre el príncipe?

Todos movieron la cabeza desconsolados.

—Ya no hay esperanza que se salve —dijeron.

—Yo lo puedo curar, si me dejan —les dijo a los sirvientes, y estos corrieron a decirle al rey lo que había dicho.

El rey llamó a Mirabel y le dijo:

—Si tú curas a mi hijo, te construyo un palacio tan fino como el mío, y te facilito todo lo que necesites por el resto de tu vida.

SHE ASKED for a sheet. She wet the sheet with little birds' blood and wrapped the prince in it. Right away the color came back to his cheeks. Three times she wrapped him in a sheet soaked with little birds' blood, and the slivers of glass were drawn out of the prince. He began to get well.

When the prince was well, the king kept his word. He built a fine palace for Mirabel right next to his own.

But the prince didn't know who had cured him and he soon became engaged to marry a princess from a faraway land. The princess arrived with her silken gowns and diamond necklaces and her servants and ladies in waiting. Everything was prepared for the wedding.

LA MUCHACHA pidió una sábana. Untó la sábana con sangre de los pajaritos y envolvió al príncipe en ella. En seguida, le volvió el color a las mejillas. Tres veces lo envolvió en una sábana empapada de sangre de los pajaritos y se le salieron las astillas de vidrio y comenzó a sanarse.

Cuando el príncipe ya estuvo bueno, el rey cumplió su palabra. Hizo construir un palacio para Mirabel al lado del suyo.

Pero el príncipe no se dio cuenta de quién lo había curado, y al cabo de poco tiempo se comprometió a casarse con una princesa de una tierra lejana. La princesa llegó con sus vestidos de seda y sus collares de diamantes y sus damas y sirvientes. Todo quedó preparado para la boda.

MIRABEL WAITED until the wedding day arrived. She dressed herself in her princess gown and put her crown of gold on her head and went to the church. Just when the wedding was about to begin, and the prince was standing at the altar, she walked up the aisle and stood beside him.

The prince turned to see who was standing beside him and suddenly he recognized her and remembered everything. He turned to the people and cried out, "This is my wife! This is my wife!"

He called off the wedding with the new princess and was reunited with his own true love.

And do you know what happened when the envious mother and her daughters went to take possession of Pájaro Verde's palace? They found absolutely nothing there, even with all the eyes they had. All they saw before them was a cold, empty mountainside.

MIRABEL AGUARDÓ la llegada del día de la boda. Se vistió en su vestidura de princesa, y se puso la corona de oro, y fue a la iglesia. Justo cuando la boda estaba por comenzar y el príncipe estaba parado delante del altar, Mirabel se levantó y caminó a pararse a su lado.

El príncipe volteó a ver quién estaba ahí y de pronto la reconoció y se acordó de todo. Dio media vuelta y gritó a la gente:

—¡Ésta es mi esposa. Ésta es mi esposa!

Rechazó el casamiento con la otra novia y se reunió con su verdadero amor.

Y ¿sabes lo que sucedió cuando la madre envidiosa y las hermanas fueron a tomar posesión del palacio de Pájaro Verde? No encontraron absolutamente nada. A pesar de tener tantos ojos, lo único que vieron fue una helada y despoblada montaña.

NOTE TO READERS AND STORYTELLERS

LIKE MANY of the stories I work with, this one is based on the oral tradition of northern New Mexico, which is derived from the varied traditions of medieval Spain. A prince named Pájaro Verde appears in several tales collected in New Mexico by Aurelio M. Espinosa, Juan B. Rael and J. Manuel Espinosa, some with plots similar to this tale and some with almost nothing in common. In *Folktales of Mexico*, Américo Paredes offers a tale collected in Texas which has much in common with this story. The version closest to my telling is in J. Manuel Espinosa's *Spanish Folk Tales from New Mexico*, which I edited and translated into English for re-issue by the University of New Mexico Press as *Cuentos de cuanto hay, Tales from Spanish New Mexico*.

I think of this tale as an especially rich one because it combines so many familiar folktale themes: the prince as a bird, the wounded husband, the search for the lost spouse (types 425, 432). It's fun to tell because it keeps unfolding and carrying the listeners onto a new, sometimes surprising, path with each new phase of the plot. Surprisingly, this rather involved tale works well even with fairly young children. It seems as though whenever their attention is beginning to wane, it is suddenly renewed by a dramatic image: the youngest sister peeking through the hole in the sheet, the girl cutting the little birds' throats, the sun bellowing his answer, the prince wrapped in a blood-soaked sheet.

These images have a real dream-like quality. When the tale is told, each listener sees them differently. No two listeners experience the same story. When I tell the story, I like to ask the children how they pictured the bird, or the palace, or the arrangement of the eyes on the girls' heads. Even though the imaginations of modern children tend to be dominated by the images of television and computer-animated movies, they have very original notions of how the green bird or the palace in the mountains looked. I like to think about how these things must have been pictured in the minds of Southwestern villagers fifty or a hundred years ago.

Telling this story affords the opportunity for a quick lesson in counting in Spanish. Many children can count to nine along with the teller, but most don't know they must start with "una" when counting the daughters (hijas) and "uno" when counting the eyes (ojos). It's also fun to offer a couple of math challenges: How many eyes did the daughters have altogether? What was the total number of windows in the palace?

Pájaro Verde / Green Bird
Copyright © 2002 by Joe Hayes
Illustrations copyright © 2002 by Antonio Castro L.

All rights reserved. No part of this book may be used or reproduced in any manner whatsoever without written permission except in case of brief quotations for reviews. For information, write Cinco Puntos Press, 701 Texas, El Paso, TX 79901 or call at (915) 838-1625. Printed in Hong Kong by Morris Printing.
First Edition 10 9 8 7 6 5 4 3 2

Library of Congress Cataloging-in-Publication Data
Hayes, Joe.
  Pájaro verde = The green bird / written by Joe Hayes ; illustrated by Antonio Castro L. p. cm.
Summary: Although her mother and sisters make fun of her decision to marry a green bird, to Mirabel he is a prince and so when her family's jealousy endangers him, she sets out to save his life and their love. ISBN-13: 978-0-938317-90-6 / ISBN-10: 0-938317-90-3
1. Tales--New Mexico. 2. Hispanic Americans--New Mexico--Folklore. [1. Fairy tales. 2. Folklore--New Mexico. 3. Hispanic Americans--Folklore. 4. Spanish language materials--Bilingual.] I. Title: Green bird. II. Castro L., Antonio, 1941- ill. III. Title.
  PZ74.1 .H36 2002
  398.2'0972'05--dc21   2002002108

To all the readers who see with their hearts, no matter how many eyes they have. —Joe Hayes

I dedicate this book to love. Recuérdame. —Antonio Castro L.

Thanks to Flor de María Oliva for her edit of the Spanish translation.

Book and cover design by Antonio Castro H.